EXTRAIT DE LA REVUE DE L'ENSEIGNEMENT SECONDAIRE
ET DE L'ENSEIGNEMENT SUPÉRIEUR

# LA MORT D'ÉTIENNE MARCEL

## ÉTUDE HISTORIQUE

PAR

JULES TESSIER
ANCIEN ÉLÈVE DE L'ÉCOLE NORMALE SUPÉRIEURE
PROFESSEUR D'HISTOIRE A LA FACULTÉ DES LETTRES DE CAEN

PARIS
IMPRIMERIE ET LIBRAIRIE ADMINISTRATIVES ET CLASSIQUES
PAUL DUPONT
41, rue Jean-Jacques-Rousseau, 41

1886

Extrait de la Revue de l'Enseignement secondaire
et de l'Enseignement supérieur

# LA MORT D'ÉTIENNE MARCEL

## ÉTUDE HISTORIQUE

PAR

Jules TESSIER
ANCIEN ÉLÈVE DE L'ÉCOLE NORMALE SUPÉRIEURE
PROFESSEUR D'HISTOIRE A LA FACULTÉ DES LETTRES DE CAEN

PARIS
IMPRIMERIE ET LIBRAIRIE ADMINISTRATIVES ET CLASSIQUES
PAUL DUPONT
41, rue Jean-Jacques-Rousseau, 41

1886

*AUX PROFESSEURS D'HISTOIRE.*

*C'est à vous spécialement, mes chers Collègues, que je dédie ces pages sur la mort d'Étienne Marcel. Il y a là une vieille erreur que tous, pour une large part, nous avons contribué à répandre.*

*C'est sur vous que je compte pour m'aider à rétablir la vérité.*

J. T.

# LA MORT
# D'ÉTIENNE MARCEL

Étienne Marcel, au moment où il a été tué, se proposait-il de livrer Paris au roi de Navarre? Tous les historiens sans exception l'ont admis, même les plus favorables à Marcel. M. Perrens, par exemple, s'efforce d'expliquer, de justifier la trahison; il ne la nie pas. Il a accepté sur ce point l'opinion commune, sans prendre la peine, sans éprouver le besoin de la discuter; tant le fait même lui paraissait, à lui comme à tous, hors de doute, hors de discussion.

Essayer de combattre une opinion si universellement admise, cela a terriblement l'air, au premier abord, d'un paradoxe, ou d'une gageure politique. Aussi je comprends très bien l'impression d'incrédulité, de défiance, qu'a dû produire ma communication du 29 avril au Congrès des Sociétés savantes.

Dans les circonstances actuelles surtout, au moment où la ville de Paris se dispose à inaugurer solennellement la statue d'Étienne Marcel, d'aucuns ont pu s'imaginer que mon *Mémoire* annoncé était une œuvre de pure actualité politique. Ceux-là se sont trompés.

Les pages qui suivent sont le simple résumé d'études faites avec mes élèves de la Faculté des lettres de Caen. C'est en essayant de leur donner l'habitude et le goût des recherches personnelles; c'est en leur montrant à étudier les sources, en étudiant avec eux celles du quatorzième siècle, que je suis arrivé, non sans grande surprise, je l'avoue, à constater combien l'histoire s'était lourdement trompée sur *le moment précis* de la mort de Marcel, comme sur *le caractère même et les causes* de cette mort.

## I.

La question de jour ou d'heure, souvent insignifiante, a ici une importance particulière qui n'échappera à personne. Du moment où l'on admet que Marcel a été pris en flagrant délit de trahison, cherchant à ouvrir les portes de Paris au Navarrais, la première idée qui se présente, c'est que le drame a dû se passer la nuit. Les traîtres d'ordinaire ne s'acquittent pas de ces sortes de besogne en plein jour; la nuit est plus commode et plus sûre.

On connaît le récit de Froissart, et le fameux dialogue entre Maillart et Marcel, « un petit *devant minuit* à la porte Saint-Antoine :
« — Étienne, Étienne, que faites-vous ici à cette heure? — Je suis
« ci pour prendre garde de la ville. — Par Dieu, vous mentez,
« traître, vous mentez. — Et tantôt férit à lui et dit à ses gens :
« — A la mort, à la mort, tout homme de son côté, car ils sont
« traîtres. — Là eut grand hutin et dur, et s'en fut volontiers le
« prévôt des marchands fui s'il eût pu; mais il fut si hâté qu'il ne
« put, car Jean Maillart le férit d'une hache sur la tête et l'abattit à
« terre..... »

Avec son instinct dramatique, son talent de mise en scène, Froissart n'a pas manqué, comme on le voit, de placer son drame à minuit, l'heure fatale, l'heure des crimes.

Inutile de rappeler que, depuis Froissart, tous les chroniqueurs, tous les historiens, tous les érudits sans exception ont adopté, sinon l'heure de minuit, du moins l'heure de nuit.

« Il est constant, dit M. Léon Lacabane (1), après avoir cité le
« passage ci-dessus, que la scène de la bastille Saint-Antoine se passa
« pendant la nuit; » et il ajoute : « Nous lisons d'ailleurs dans une

(1) *Bibliothèque de l'École des Chartes*, t. Ier, p. 88.

« autre chronique manuscrite, classée sous le numéro 9656, que « Maillart faisait porter l'étendard du roi *avec torches et falots.* »

La chronique manuscrite, à laquelle fait allusion M. Lacabane, inscrite aujourd'hui sous le numéro 5001, au catalogue de la Bibliothèque Nationale, est une compilation qui va jusqu'en 1429, composée par conséquent plus de soixante-dix ans après les événements en question. L'autorité ne saurait donc en être bien considérable, quand il s'agit de fixer un détail de ce genre, un point aussi précis qu'une question d'heure.

Quant à Froissart, quel que soit l'intérêt souvent exceptionnel de sa chronique, quel que soit le crédit, à certains égards très mérité, dont elle jouit, il va sans dire qu'il ne saurait être mis en parallèle, dans une question de ce genre, soit avec le *second continuateur de Nangis*, soit avec les *Grandes Chroniques* de Saint-Denis.

Froissart, outre qu'il a le tort d'écrire trop souvent avec son imagination, n'a pu, en particulier, avoir sur la mort de Marcel que des renseignements de seconde ou de troisième main. Jean de Venette, au contraire, et Pierre d'Orgemont, l'auteur présumé de cette partie des *Grandes Chroniques*, très intimement mêlés au mouvement parisien d'alors, ont été les témoins oculaires de presque tous les événements qu'ils racontent. Je ne prétends pas qu'on leur doit, de ce chef, accorder en tout et toujours une confiance absolue. Loin de là. Jean de Venette est l'écho parfois trop naïf des sentiments populaires, Pierre d'Orgemont le partisan trop déclaré du Régent pour qu'on puisse accepter sans contrôle, sans réserve, leur opinion sur les hommes ou les choses de l'époque. Il faut se défier de la crédulité de l'un, surtout de la partialité de l'autre. Toutefois, parmi les chroniqueurs du temps, ils n'en restent pas moins les deux sources maîtresses, auxquelles on ne saurait trop recourir, les témoins les mieux informés qu'il faut, le second notamment sur les questions *de dates*, interroger de préférence à tous autres.

Dans le cas particulier qui nous occupe, il suffit de comparer leur témoignage à celui de Froissart, pour constater aussitôt combien le récit de ce dernier est absolument fantaisiste. Les lignes, que nous en avons citées plus haut, contiennent autant d'erreurs que de mots : il est au moins douteux que Maillart se soit trouvé à la porte Saint-Antoine; que Marcel, par suite, ait pu être tué de sa main; il est surtout très sûr que le drame en question ne s'est pas passé la nuit.

Sur ce dernier point, le seul qui nous intéresse pour l'instant, le texte des *Grandes Chroniques* n'est pas moins formel que celui du continuateur de Nangis.

Il est, en vérité, étrange, presque inexplicable, que la critique contemporaine ne se soit pas donné la peine de les lire, ou plutôt de les mieux lire. Car il va de soi que tous ceux qui se sont occupés de la mort de Marcel n'ont pas manqué de consulter, en première ligne, et Jean de Venette et Pierre d'Orgemont. Le malheur, c'est qu'on les a consultés avec l'idée arrêtée, préconçue de la *trahison*, laquelle semblait logiquement n'avoir pu et dû s'opérer que la nuit. Dès lors, on a vu dans les deux chroniqueurs ce que l'on comptait y voir, non ce qui s'y trouvait en réalité. Je ne connais pas d'exemple plus frappant, plus curieux, de l'inconvénient des idées préconçues en matière de recherches historiques.

Que disent en effet et Pierre d'Orgemont, et le continuateur de Nangis? Le premier : que Marcel a été tué vers l'heure « du *dîner* » ou « l'*avant-dîner* » du 31 juillet (1); le second : le jour ou le matin du 1er août, « *clarâ luce* » ou « *lucescente die* », suivant une variante (2).

En toute autre occasion, nos savants, nos érudits modernes, si pointilleux, si précis d'ordinaire, n'auraient certainement pas commis la faute de prendre le mot *dîner* dans son acception commune d'aujourd'hui. On dîne volontiers de nos jours vers sept ou huit heures du soir; au quatorzième siècle, on dînait à dix heures du matin. Nul n'en ignore, à coup sûr. Mais quoi! on avait son siège fait, son idée fixe : Marcel ne devait, ne pouvait avoir été tué que la nuit. On a donc vu dans le *dîner* le repas du soir; et sans plus réfléchir, on a conclu que le soir du 31 juillet, le matin du 1er août désignaient en réalité une seule et même date, à savoir la nuit du

(1) L'édition des *Grandes Chroniques*, de M. Paulin Pâris, porte : « Le « prévôt des marchands et plusieurs autres avec lui, allèrent *dîner* à la bas- « tide Saint-Denis. » Paris, 1838, t. VI, p. 132. Mais le beau manuscrit de la Bibliothèque Nationale, f. f. 2813, donne la version : « alerent *avant* disner », f. 418 v. col. 2.

(2) *Chronique latine de Guillaume de Nangis*, édition de la Société de l'histoire de France, t. II, p. 270.

31 juillet au 1er août. Et voilà comment se sont trouvés mis d'accord et Jean de Venette et Pierre d'Orgemont.

Impossible malheureusement de nous en tenir à ce procédé commode de conciliation. Bon gré, mal gré, il nous faut opter; mais nous n'avons, qu'on le remarque bien, à opter qu'entre *le jour* du 31 juillet et *le jour* du 1er août.

Que, de nos deux chroniqueurs, pourtant si bien informés d'ordinaire, l'un ou l'autre se soit trompé de vingt-quatre heures, l'erreur en soi n'a rien de surprenant. Il n'est personne, cherchant à se rappeler des faits même récents, écoulés dans la quinzaine ou dans le mois, à qui il ne soit arrivé de prendre un jour pour un autre, un mardi pour un mercredi par exemple. Mais on ne se trompe pas du jour à la nuit, de la nuit au jour, surtout quand il s'agit d'événements de pareille importance.

Ce qui doit donc tout d'abord rester acquis, de par les *Grandes Chroniques* comme d'après le continuateur de Nangis, c'est que Marcel a été tué *au grand jour* et non pas *la nuit*, ainsi qu'on n'a cessé de le répéter depuis Froissart.

Du reste, au double témoignage si considérable de Jean de Venette et de Pierre d'Orgemont, nous en pouvons ajouter un autre, plus probant, plus décisif encore : la *Lettre* du 31 août 1358, écrite un mois après l'événement par le Régent Charles, au comte de Savoie, son beau-frère (1).

D'après ladite Lettre, le Régent affirme bien que le roi de Navarre et les Anglais devaient entrer en la ville de Paris « le mardi au soir, « *dernier jour de juillet..., par nuit* ».

Mais, après avoir indiqué les dispositions prises par le prévôt dès le matin, dès la veille même, il ajoute : « par la grâce de Dieu, « qui ne voulut souffrir que cette horreur fût perpétrée », le peuple s'en étant aperçu, s'émut contre le prévôt et le tua « *ce jour* dont « cette trahison devait être faite *par nuit* ».

Ce court passage de la Lettre du 31 août suffit, on le voit, à trancher la question controversée. Il nous indique d'abord que la vraie

(1) *Lettre* tirée des *Archives royales* de Turin, par M. Combes, professeur à la Faculté des lettres de Bordeaux, et publiée dans les *Mémoires lus à la Sorbonne*. Paris, 1869, p. 236-242.

2

date est bien celle du 31 juillet, donnant ainsi raison à Pierre d'Orgemont contre Jean de Venette. Puis, et c'est là pour nous l'essentiel, il établit, d'accord avec l'un et l'autre, que Marcel a été tué *de jour* et non pas *la nuit*.

Voilà donc, je pense, un point désormais fixé, de façon définitive.

Cette première découverte, non sans intérêt peut-être pour la solution même du problème posé, me donnait au moins le droit incontestable de conclure que les textes les plus importants, relatifs à la mort de Marcel, n'avaient pas été, jusqu'ici, lus avec toute l'attention, tout le contrôle désirables; qu'il importait, par conséquent, de les relire, de les contrôler, de les discuter.

C'est ce que je me suis efforcé de faire. De cette étude critique des textes est résultée pour moi la certitude morale, absolue, complète, qu'il y avait eu, dans la journée du 31 juillet, à Paris, non pas tentative de Marcel pour livrer la ville au roi de Navarre, mais simplement complot des partisans du Régent pour assassiner Marcel.

Qu'on nous permette d'exposer d'abord, le plus brièvement possible, les événements antérieurs qui annoncent pour ainsi dire et amènent le complot.

## II.

Depuis quatre mois déjà, le Régent Charles avait quitté Paris. Sorti de la ville en fugitif, il était bien décidé à n'y rentrer qu'en maître. Irritée du meurtre des maréchaux de Champagne et de Normandie, exaspérée du soulèvement des Jacques, alléchée surtout par l'occasion de pillage que lui offrait la guerre civile, la noblesse n'avait pas tardé à venir se grouper autour de lui. Le voyant dès lors à la tête d'une armée, ses partisans dans l'intérieur de Paris ne pouvaient manquer de désirer, de préparer son retour.

Le 29 mai, ils s'étaient entendus avec le maître du pont de Paris, Jean Péret, et le maître charpentier du roi, Henri Metret, afin « de « mettre gens d'armes dedans ladite ville de Paris pour ledit ré- « gent (1) ». Les *Grandes Chroniques* prétendent, il est vrai, que

(1) *Grandes Chroniques*, t. VI, p. 111.

ces deux derniers furent arrêtés « à tort et sans cause »; mais le témoignage des *Grandes Chroniques*, en pareille occasion, peut paraître à bon droit suspect. Toujours est-il qu'ils eurent la tête tranchée.

Le 20 juillet, pareil sort faillit arriver à un trésorier du Régent, « Mathé Guete », qui s'était glissé dans Paris sous couleur de négociation.

La veille, en effet, sur les instances de la reine Jeanne, avaient été discutés les préliminaires d'une convention qui, soi-disant, devait mettre fin à la guerre civile.

Les Parisiens se seraient mis à la merci du Régent, et ce dernier n'aurait décidé de leur sort « que par le conseil de la reine Jeanne, « du roi de Navarre, du duc d'Orléans et du comte d'Étampes (1) ».

La réserve n'était peut-être pas suffisamment rassurante, et j'ai peine, je l'avoue, à comprendre le rôle un peu singulier que, dans sa monographie si intéressante de Marcel, M. Perrens fait jouer ici à son héros.

Marcel aurait accueilli « *avec empressement* » les ouvertures du 19 juillet; il n'aurait vu dans l'obligation de se mettre à la merci du Régent « *qu'une satisfaction donnée à l'amour-propre de ce prince* (2) ». Est-ce bien vraisemblable ? Il est permis d'en douter.

Marcel n'avait ni ne pouvait avoir aucune confiance dans les négociations entamées : elles duraient en réalité, tantôt reprises, tantôt rompues, depuis le 8 juillet; et, le 11, il écrivait aux bonnes villes de France et de Flandre l'admirable Lettre qu'on connaît : « Veuillez « savoir que, combien que plusieurs gentilshommes et gens d'armes « en très grand nombre, soient devant la bonne ville de Paris avec « monseigneur le duc, que nous et notre commun sommes bien « tout un, et en bonne volonté de défendre; et y a Dieu merci très « bonne ordonnance et grand marché de vivres et très grande quantité; et pour l'honneur de la bonne ville de Paris défendre, et « esquiver que nous, qui avons toujours été francs, ne chéons en la « servitude, en laquelle nous veulent mettre ces gentils hommes « qui sont plus vilains que gentils, nous exposerons nos corps et

(1) *Grandes Chroniques*, t. VI, p. 126-127.

(2) *Etienne Marcel*, par F. Perrens, Paris, 1860, p. 296-298.

« nos biens, et mourrons tous avant de souffrir qu'ils nous mettent « en servitude (1) ».

Par ces quelques lignes, on peut juger du ton de la Lettre. L'homme qui écrivait ainsi, à la date du 11 juillet, s'attendait de toute évidence à une lutte longue, acharnée.

Sans doute, lui aussi désirait la paix, mais une paix sérieuse qui garantît les réformes opérées. Commencer par se mettre humblement à la merci du Régent devait sembler au réformateur un détestable moyen de sauver, je ne dirai pas sa vie, mais son œuvre.

En attendant, il ne pouvait empêcher que la reine Jeanne, dans son désir de réconciliation générale, allât « souvent par devers les « uns et par devers les autres ». Il n'avait pu empêcher surtout que l'évêque de Paris, le 19 juillet, prêtât ses bons offices à l'archevêque de Lyon, spécialement « envoyé de par le pape » pour traiter de la paix. Mais pareilles négociations ne pouvaient être à ses yeux qu'une pure duperie ; il était trop aisé de voir quel terrible sous-entendu cachaient les propositions faites.

Aussi, quand, le lendemain 20 juillet, plusieurs allèrent vers Paris « *pour besognes qu'ils avaient à faire* », on se garda bien de les laisser entrer. « Mais leur demanda-t-on à qui ils étaient ; et quand ils « répondirent qu'ils étaient au duc, ceux de Paris leur dirent : — « allez à votre duc » (2). — On savait trop de quelles « besognes » il s'agissait, et qu'ils y venaient sous main travailler pour le Régent.

Un de ces émissaires pourtant, plus habile ou plus hardi que les autres, Mathé Guete, avait, nous l'avons vu, trouvé moyen de pénétrer dans la ville. Reconnu, il se trouva « en grand péril d'être tué ». Heureusement pour lui on le mena devant le prévôt. Le 29 mai, en face d'une tentative sans doute avérée de trahison, Marcel s'était montré inflexible pour Jean Peret et Henri Metret. Peut-être les intentions de Mathé Guete n'étaient-elles guère moins suspectes ; mais le trésorier du Régent pouvait arguer au moins des négociations entamées, dire qu'il avait cru à la paix ; Marcel le fit mettre dehors.

(1) *Etienne Marcel*, Perrens, *appendice*, p. 407. *Lettre* reproduite d'après M. Kervyn de Lettenhove.

(2) *Grandes Chroniques*, t. VI, p. 127.

Ce n'était certes pas calcul de sa part, désir de se ménager les bonnes grâces du Prince. En refusant de prendre le traité au sérieux, en donnant l'ordre, car nul autre que lui n'avait pu le donner, de fermer aux agents royalistes les portes de Paris, Marcel fournissait au contraire au Régent de nouveaux griefs contre lui. On pardonne difficilement aux gens qu'on a essayé de duper sans y parvenir.

Le Régent toutefois n'avait qu'à demi échoué. Il savait par avance que la négociation du 19, quoi qu'il en advînt, servirait ses secrets desseins. Elle lui eût livré Marcel, s'il s'y fût laissé prendre ; dans le cas contraire, elle permettait de rejeter sur lui seul la responsabilité de la guerre.

Or, même parmi les plus dévoués partisans du prévôt, plus d'un peut-être commençait à trouver la guerre longue. Dure à tous, elle était dommageable surtout aux riches bourgeois qui possédaient des maisons, des domaines aux environs de la capitale. Car « toujours « brûlaient les gentilshommes aucunes maisons qu'ils trouvaient à « ceux de Paris, si ils n'étaient officiers du roi ou du dit Régent; et « prenaient et emportaient tous les biens meubles qu'ils trouvaient « et étaient aux dits habitants (1) ».

Le Régent, de son côté, confisquait les immeubles, les terres, se réservant de les rendre aux rebelles repentants ; terrible appât aux défections. Les lettres de rémission publiées soit par le savant Secousse (2), au siècle dernier, soit par nos érudits modernes, en particulier par M. Siméon Luce (3), révèlent assez qu'elles durent être nombreuses.

La crainte ou l'intérêt détachèrent peu à peu de Marcel jusqu'à ses amis et compères, les Maillart, par exemple, et ce Jacques le Flamand qui toucha dès le mois d'août, au lendemain de la mort de Marcel, le prix du sang : 200 livres parisis de rente annuelle.

Avec les frères des Essarts et Jacques de Pontoise, ceux-là, à partir du 19 juillet, n'avaient plus qu'à attendre ou faire naître l'occasion favorable qui les devait débarrasser du prévôt.

(1) *Grandes Chroniques*, t. VI, p. 117.

(2) Secousse, *Mémoires sur Charles le Mauvais*, t. II.

(3) Siméon Luce, *Bibliothèque de l'Ecole des Chartes*, *passim*, notamment, mai-juin 1857 ; septembre-octobre 1859.

Il leur restait encore, en effet, des précautions à prendre. Marcel avait toujours pour lui l'immense majorité de la population parisienne; la preuve en est, incontestable, dans l'empressement des Parisiens à rejeter la convention du 19 juillet. Les *Grandes Chroniques* ajoutent même, après avoir raconté l'incident de Mathé Guete que « les dessus dits de Paris, en haine de monseigneur le « dit régent prirent et saisirent plusieurs maisons et biens meubles « de plusieurs officiers qui avaient été avec le dit régent (1). »

Le parti populaire, on le voit, répondait aux confiscations royalistes par d'autres confiscations. Dans tous les cas, la population parisienne montrait assez les mauvaises dispositions dont elle était animée vis-à-vis du prince. On ne pouvait changer ces dispositions qu'en ébranlant de façon ou d'autre la popularité de Marcel. Si ses adversaires n'y ont pas travaillé sous main, il faut avouer que le hasard les a merveilleusement servis.

On sait que, le 15 juin, le roi de Navarre, nommé capitaine général de Paris, s'était mis à la solde des Parisiens, avec ses mercenaires Navarrais et Anglais. Le 21 juillet, le bruit courut que des compatriotes de ces derniers « qui étaient à Saint-Denis et à Saint-« Cloud pillaient le pays. Si s'émut le commun de la dite ville de « Paris et courut sur les dits Anglais qui étaient en la dite ville, « et en tuèrent vingt-quatre ou environ et en prirent quarante-sept « des plus notables en l'hôtel de Nesle auquel ils avaient diné avec « le roi de Navarre; et plus de quatre cents autres en divers hôtels « de la dite ville, lesquels ils mirent tous en prison au Louvre......

« Le lendemain, vingt-deuxième jour de juillet, le roi de Navarre, « l'évêque de Laon, le prévôt des marchands, et plusieurs autres « gouverneurs de la dite ville de Paris furent en la maison de la « dite ville, et y eut moult de peuple assemblé,... auquel peuple « ledit roi parla et leur dit qu'ils avaient mal fait de tuer les « Anglais, car il les avait fait venir pour servir ceux de la ville de « Paris. Et tantôt plusieurs d'iceux dirent qu'ils voulaient que « tous les Anglais fussent tués et voulaient aller à Saint-Denis « mettre à mort ceux qui y étaient, qui pillaient tout le pays (2). »

(1) *Grandes Chroniques*, t. VI, p. 127-128.

(2) *Grandes Chroniques*, t. VI, p. 128-129.

Force fut au roi de Navarre et au prévôt d'autoriser la sortie réclamée; elle fut malheureuse. Les Anglais n'étaient pas sans connaître ce qui s'était passé la veille: jaloux de venger leurs compatriotes, ils tendirent une embuscade à ceux des Parisiens qui étaient sortis par la porte Saint-Honoré et en tuèrent bon nombre.

Quel coup de fortune pour le Régent, pour les adversaires de Marcel! Avec quelle habileté perfide ils exploitèrent les événements des 21 et 22 juillet, on le voit par la lettre du 31 août, mieux encore par les *Grandes Chroniques*. C'est là qu'on saisit sur le vif les soupçons, les défiances de la foule, les insinuations, les calomnies, des agents royalistes.

« Quand on partit de Paris, il fut près de vêpres. Dont *plusieurs* « *présumèrent que ledit roi fit attendre le partir afin que lesdits* « *Anglais ne fussent surpris et dépourvus*..... Si tuèrent lesdits « Anglais grand foison des dessus dits de Paris... *Et ledit roi de* « *Navarre, qui voyait ces choses... laissa tuer les dessus dits de* « *Paris, sans leur faire aucune aide ni secours*. Et après ledit roi « de Navarre s'en alla à Saint-Denis..... et ledit prévôt des mar- « chands et sa compagnie s'en retournèrent à Paris, et furent, quand « ils rentrèrent à Paris, fortement hués et blâmés *de ce qu'ils avaient* « *ainsi les bonnes gens de Paris laissé mettre à mort sans les secou-* « *rir* (1). »

La malheureuse sortie du 22 allait placer les prisonniers du Louvre dans une terrible situation. Le peuple voulait les massacrer. Marcel essaya de gagner du temps; il temporisa jusqu'au 27, espérant que l'exaspération de la foule se calmerait; mais trop de gens sans doute avaient intérêt à l'entretenir. Le 27, afin de sauver les mercenaires du roi de Navarre, il dut les faire conduire, sous bonne escorte, jusqu'au dehors de la ville.

Nouveau grief que ne manqueront pas de relever les chroniqueurs officiels, et le Régent : « Rien qu'avec leur rançon, dit la Lettre du « 31 août, on eût eu assez d'argent pour le premier paiement de la « délivrance de Monseigneur », c'est-à-dire du roi Jean.

Il s'agissait bien de rançon. Le peuple ne voulait que la mort des prisonniers : « volontiers les eût le commun de Paris mis à mort ;

1) *Grandes Chroniques*, t. VI, p. 130.

« mais le prévôt des marchands et les autres gouverneurs *ne le* « *pouvaient souffrir* (1) », dit aigrement Pierre d'Orgemont ; et il faut voir sous quelles couleurs il présente la délivrance du 27 :

« Le vendredi, vingt-septième jour dudit mois de juillet, le prévôt « des marchands et plusieurs autres, jusques au nombre de huit- « vingts ou deux cents hommes armés et plusieurs archers allèrent « au Louvre, et de fait *contre la volonté dudit peuple et commun* « *de Paris*, délivrèrent lesdits Anglais prisonniers. Et en les con- « duisant de la ville dehors, aucuns de ceux qui étaient avec ledit « prévôt *criaient et demandaient si il y avait aucun qui voulût aucune* « *chose dire contre la délivrance desdits Anglais. Et avaient leurs* « *arcs tout tendus pour les délivrer de tous empêchements*, si aucun « les voulût mettre en ladite délivrance. Mais il n'y eut personne « qui osât parler ni faire semblant, bien qu'ils en fussent *moult* « *douloureusement courroucés* en ladite ville de Paris (2). »

Comme il est vraisemblable que le prévôt ait pris à tâche en quelque sorte de provoquer, de défier ainsi les Parisiens; et comme cela prouve la *bonne foi* du chroniqueur!

Ce n'est pas le lieu d'examiner si Marcel était ou non sans excuse d'avoir laissé introduire des mercenaires anglais dans Paris, ni si la plupart de ces bandits de profession méritaient quelque pitié.

Je constate seulement qu'en arrachant à la foule furieuse sa proie, en sauvant les mercenaires du Navarrais, comme il avait sauvé huit jours plus tôt le trésorier du Régent, Marcel avait peut-être quelque mérite à remplir ainsi son devoir d'honnête homme, car il n'ignorait pas ce qu'il lui en coûterait de l'avoir rempli.

## III.

Les adversaires de Marcel avaient enfin trouvé l'occasion longtemps attendue. Grâce à l'irritation, aux défiances populaires, on pouvait désormais tuer le prévôt et les principaux chefs de la révolution parisienne, sans risquer de soulever l'émeute en leur faveur. Les conjurés s'entendirent, et prirent jour pour le 31 juillet.

(1) *Grandes Chroniques*, t. VI, p. 130.
(2) *Grandes Chroniques*, t. VI, p. 131.

Je prétends, en effet, que le mouvement du 31 juillet n'a rien eu d'un mouvement fortuit, spontané, provoqué par une tentative de trahison quelconque. Nous allons y retrouver, au contraire, les traces évidentes, indéniables d'un complot concerté, prémédité, ayant pour but l'assassinat des ennemis du Régent.

Les témoins dont nous allons entendre les dépositions ne sauraient être suspects ; car ce sont les ennemis mêmes, les plus implacables ennemis de Marcel : Charles V en personne, et son chroniqueur officiel, Pierre d'Orgemont.

Voyons d'abord le récit du chroniqueur. Après avoir raconté que, le matin du 31 juillet, Marcel avait voulu se faire livrer les clefs de la porte Saint-Denis, ce qui avait provoqué les soupçons des gardiens, et en particulier « plusieurs grosses paroles entre ledit prévôt, d'une « part et Jehan Maillart, d'autre part », les *Grandes Chroniques* ajoutent :

« Si monta ledit Jehan Maillart à cheval et prit une bannière du « roi de France, et commença à haut crier : — Montjoie Saint-Denis « au roi et au duc, — tant que chacun qui le voyait, allait après et « criait à haute voix ledit cri... Et ledit Jehan Maillart demeura vers « les Halles. Et un chevalier, appelé Pépin des Essarts, *qui rien ne* « *savait de ce que ledit Jehan Maillart avait fait*, prit assez tôt après « une autre bannière de France, et criait *semblablement comme* « *Jehan Maillart* : — Montjoie Saint-Denis !... (1) ».

Je montrerai plus loin que la prétendue scène entre Maillart et Marcel, à propos des clefs de la porte Saint-Denis, est une pure invention du chroniqueur officiel. Pour l'instant, tenons-nous-en à la double chevauchée de Maillart et de Pépin des Essarts.

Ainsi, à en croire l'auteur des *Grandes Chroniques*, voilà deux hommes qui agissent à l'insu l'un de l'autre. Pépin des Essarts *ne sait rien de ce qu'a fait Maillart*, ni, par conséquent, de ce qui se serait passé entre lui et Marcel à la porte Saint-Denis. Et le voilà qui, le même jour, à la même heure, se sent pris du même désir de promener, lui aussi, par les rues de Paris, une bannière de France, au même cri de : Montjoie Saint-Denis !

En conscience, je le demande à tout lecteur de bon sens et de

(1) *Grandes Chroniques*, t. VI, p. 132.

bonne foi, est-il possible d'admettre la prétendue coïncidence fortuite, affirmée par Pierre d'Orgemont? N'y a-t-il pas là, au contraire, la preuve évidente d'une entente préalable entre Maillart et des Essarts, la première preuve du complot dont j'ai parlé plus haut? Il en existe une seconde, absolument décisive.

C'est une Lettre de Charles V, en date de février 1368. Secousse l'avait déjà publiée, mais en partie seulement, dans le second volume de ses précieux *Mémoires sur Charles le Mauvais*. Elle est, pour la question qui nous occupe, d'une importance capitale; et si nous n'avions été tous, jusqu'à ce jour, aussi complètement aveuglés par l'idée préconçue de la *trahison*, nous y aurions vu depuis longtemps, claire et lumineuse jusqu'à l'évidence, la preuve que le meurtre de Marcel et de ses amis était chose résolue, arrêtée au 31 juillet 1358 (1).

Un mot d'abord sur les circonstances singulières qui ont déterminé le roi Charles V à écrire, dix ans après, ladite Lettre de grâce ou de rémission.

Le 31 juillet, jour même du meurtre de Marcel, et un peu avant le meurtre, l'argenterie de Joseran de Mâcon, trésorier du roi de Navarre avait été volée en son hôtel, près Saint-Eustache. Les biens du *traître* Joseran appartenant en réalité et en totalité au roi, de par arrêt de confiscation, le vol se trouvait de la sorte avoir été commis au préjudice du fisc royal. Les voleurs restaient donc toujours sous le coup de poursuites possibles. Mais comme ils avaient ce jour-là, ainsi que nous le verrons, généreusement travaillé pour la bonne cause, Charles V, par son acte de février 1368, consentit à les décharger de toutes craintes présentes et à venir.

C'est une vraie bonne fortune pour l'histoire, que Jacques de Pontoise, l'ami et le complice de Pépin des Essarts, ait eu, après dix ans, le scrupule inattendu de faire constater de la sorte les honorables services rendus par lui à la royauté. Car, je le répète, la pièce est d'un intérêt absolument exceptionnel. Elle va nous permettre, en complétant de la façon la plus heureuse, les quelques

(1) M. Perrens a très bien vu que les partisans du Régent dans Paris conspiraient contre Marcel, ce qui, du reste, était presque inévitable; il a même indiqué, mais sans y attacher l'importance qu'elle mérite, la Lettre de Charles V, de 1368. Voir *Étienne Marcel*, p. 313-318.

lignes trop sèches consacrées par les *Grandes Chroniques* à Pépin des Essarts, d'apprécier enfin le véritable caractère de la journée du 31 juillet.

« Pépin des Essarts, chevalier, Martin des Essarts, ledit Jacques « de Pontoise, et plusieurs autres, étant en leur compagnie, comme « nos bons, vrais et loyaux sujets, et pour obvier aux très grands « maux, périls et inconvénients irréparables qui, par le mauvais « gouvernement dudit prévôt des marchands et ses complices, se « pouvaient ensuivre », se dirigèrent d'abord, le 31 juillet, vers l'hôtel de Joseran de Mâcon. Dans quel but? La Lettre le dit sans ambages : « pour icelui, comme traître, par justice *ou autrement* « *faire occire et mettre à mort* (1). »

On voit qu'il ne s'agit pas ici d'une décision imprévue, subite, inspirée, provoquée par la découverte d'un flagrant délit de trahison. Ce que nous constatons chez Pépin des Essarts et ses amis, c'est le dessein réfléchi, par conséquent prémédité, d'en finir avec le « *mauvais gouvernement du prévôt* ».

On ne manquera pas d'objecter qu'un pareil dessein était parfaitement naturel, légitime ; que les partisans du Régent avaient le droit incontestable de *manifester* en faveur de leur prince, s'ils étaient convaincus, et ils devaient l'être, que le retour du Régent serait un bienfait pour Paris et la France. Tout cela peut être fort juste et je n'y contredis en aucune façon.

Mais on voudra bien observer qu'il ne s'agit pas, en la circonstance, comme voudrait le donner à entendre Pierre d'Orgemont, d'une simple démonstration politique, où l'on se bornerait à crier : « Montjoie Saint-Denis au roi et au duc », dans le secret espoir sans doute de forcer la main au prévôt, de le contraindre à la paix.

La démonstration ici a un caractère tout spécial, un but parfaitement précis, déterminé. On s'est rendu à l'hôtel de Joseran, « *pour* « *icelui, comme traître, par justice ou autrement, faire occire et mettre* « *à mort* ». Je ne suppose pas que le « *par justice* » puisse faire illusion à personne. On était venu pour tuer Joseran, voilà le fait. Il va de soi, en outre, que Joseran n'était pas le seul visé, puisqu'on voulait, je le répète, « *obvier au mauvais gouvernement du*

(1) *Trésor des Chartes*, registre 99, pièce 598.

« *prévôt et de ses complices* ». Donc, le sort réservé à Joseran attendait évidemment les autres (1). Ce que la bande de Pépin des Essarts allait faire à Saint-Eustache, d'autres, celle de Maillart par exemple, avaient dû se charger de le faire ailleurs ; à moins que les deux bandes en question ne se fussent donné rendez-vous aux Halles, pour achever en commun la tâche commune. Il est difficile au moins de supposer qu'elles ne se soient pas rencontrées aux environs de Saint-Eustache, Pépin des Essarts étant parti « *assez* « *tôt après* » Maillart, et celui-ci ayant « demeuré » aux Halles.

Poursuivie ou non en commun, la tâche était nettement indiquée et fut scrupuleusement accomplie. Il s'agissait de tuer le prévôt et ses complices ; et Pépin des Essarts s'était, à dessein, pour ladite besogne, entouré de bons compagnons, sur lesquels il savait pouvoir compter.

Arrivés à l'hôtel de Joseran, et ne le trouvant pas, ils commencèrent par faire main-basse sur l'argenterie, emportant avec eux « un « panier d'osier, auquel avait six ou sept hanaps et un cuiller d'ar- « gent, pesant cinq ou six marcs ou environ ». Ils n'étaient pas sortis de l'hôtel qu'ils se disputaient déjà pour le partage du butin. Il fallut que Jacques de Pontoise leur rappelât « *ce pour quoi ils* « *étaient venus* ».

Laissant pour lors le panier en dépôt dans le voisinage, chez « une femme appelée Odelette la Cirière, demeurant devant Saint- « Eustache, ils continuèrent leur entreprise, ... se transportèrent en « l'hôtel de notre ville et prirent notre bannière qui là était ». Puis, apprenant sans doute que ceux qu'ils cherchaient se trouvaient tout près de là, « ils s'en allèrent à la bastille Saint-Antoine, *auquel* « *lieu les dits prévôt des marchands, Philippe Giffard et autres* « *traîtres furent occis et mis à mort* ».

Il est fâcheux que la Lettre de février 1368 ne nous ait pas raconté plus au long la scène de la porte Saint-Antoine. Comment s'engagea la lutte entre Marcel et ses meurtriers ? Évidemment sous le premier

(1) Sans les raisons spéciales qui ont fait écrire la Lettre de février 1368 nous n'aurions jamais soupçonné ce qu'allait faire à l'hôtel de Joseran la bande de Pépin des Essarts. Pierre d'Orgemont s'est bien gardé d'en parler. Il est donc tout naturel que les preuves *matérielles* manquent, en ce qui concerne le prévôt et les autres chefs. Mais la lettre concernant Joseran est suffisante.

prétexte venu, qu'il est d'ailleurs facile de deviner par l'autre Lettre, celle du 31 août 1358. Ils durent l'assaillir en criant qu'ils voulaient le duc et la paix : « Se mut sur ce certaine rumeur entre eux... ; et « notre bon peuple *nous voulait avoir et requérait, selon la paix qui « avait été faite.* »

Ce prétexte de « paix » était heureusement trouvé. A défaut du témoignage du Régent, le bon sens indiquerait en effet que les choses ont dû se passer de la sorte. Mais que nous voilà loin de la légende des clefs exigées et refusées, loin du flagrant délit prétendu de trahison !

Inutile d'ajouter que, l'affaire terminée, on n'avait pas oublié l'argenterie de Joseran. Elle fut retirée et vendue, et Jacques de Pontoise toucha pour sa part la moitié du produit de la vente. Mais généreusement, il dépensa l'argent « *à donner à manger aux compa- « gnons,* sans ce qu'il en tournât aucune chose à son profit ».

Dernier détail significatif, qui à lui seul prouverait et le caractère des *compagnons* employés, et la nature de la besogne commandée.

Nous comprenons que Charles V se soit à son tour montré généreux pour Jacques de Pontoise. La Lettre de février 1368, entre autres raisons qui expliquent la grâce accordée, mentionne d'une façon toute spéciale « la bonne relation » au roi faite, dudit Jacques, « au « temps que ledit feu prévôt des marchands et autres furent morts ». Ce n'était que justice.

Quelle part au juste revient au Régent Charles dans l'événement du 31 juillet? C'est une question qu'on est amené presque forcément à se poser; j'avoue que n'ai trouvé aucun renseignement à cet égard. Il est assez difficile *à priori* d'admettre qu'il ait ignoré le complot. Il a pris soin pourtant, dans sa *Lettre* du 31 août, de déclarer à *deux reprises* qu'il n'était pour rien dans le meurtre de Marcel : « Par la « grâce de Dieu, et *sans notre su,* ledit peuple mit à mort en la place « ledit prévôt et six autres de nos traîtres »; et plus loin : « Si mer- « ciâmes Notre Seigneur Jésus-Christ qui... *sans notre su,* nous « avait mis en nos mains nos dits traîtres. »

Cette insistance à nier toute participation au meurtre me paraît, je dois le dire, quelque peu louche. Puisque la thèse même du Régent est que Marcel méditait une trahison, le 31, et que la découverte *inopinée* de cette trahison aurait été cause de sa mort, il est trop clair que le Régent n'y pouvait être pour rien. Pourquoi donc semble-t-il tant tenir à nous en convaincre?

Le « *sans notre su* » rappelle trop la précaution maladroite de Pierre d'Orgemont, affirmant que Pépin des Essarts « *ne savait rien* « *de ce qu'avait fait Maillart* ». De pareilles précautions vont souvent droit contre le but que se proposent leurs auteurs. Ici, elles ont presque le caractère d'une véritable révélation, d'un véritable aveu.

Peu importe du reste que le Régent ait ignoré ou connu le complot. Ce n'est là qu'un point tout à fait secondaire, et que je laisse à d'autres le soin d'élucider.

Je n'ai voulu prouver qu'une chose : qu'il y a eu complot; que le meurtre de Marcel et de ses amis a été concerté, prémédité par les partisans du Régent. Or l'assassinat n'est pas plus douteux que la préméditation. L'un et l'autre ressortent jusqu'à l'évidence, et du récit même des *Grandes Chroniques* et de la *Lettre* du roi Charles V.

## IV.

L'assassinat commis, il restait à l'expliquer, à le justifier devant l'opinion publique. Il ne faudrait pas croire qu'on la dédaignât à cette époque. L'affaire des mercenaires anglais avait eu beau porter une assez grave atteinte à la popularité de Marcel, il n'était pas sans avoir conservé à Paris des amis, des partisans. Il fallait tâcher de leur prouver, de prouver à tous que le mort du 31 juillet était indigne de toute estime, comme de toute pitié.

C'était quelque chose d'avoir tué le chef de la révolution parisienne; la déshonorer en quelque sorte dans sa personne était mieux encore.

D'où la trahison qui lui fut imputée après coup, « *ut eis impositum* « *est postea* », dit le continuateur de Nangis (1).

On a fait grand bruit, et dans une certaine mesure avec raison, du passage où Jean de Venette, si sympathique à la cause populaire, rapporte, comme s'il y croyait en effet, les projets de trahison de Marcel; on y a vu, on devait être tenté d'y voir, la preuve convaincante de ladite trahison.

(1) *Chronique de Guillaume de Nangis*, t. II, p. 268.

Mais on a trop oublié que Jean de Venette est avant tout l'écho fidèle de toutes les rumeurs populaires; nul n'a mieux traduit, pour les avoir le plus souvent ressenties et partagées, les impressions de la foule. Or, que la foule, circonvenue, abusée, ait cru à la culpabilité de Marcel, cela ne paraît guère douteux; il serait donc tout naturel que le continuateur de Nangis y ait cru de même.

Toutefois, on n'a pas tenu assez de compte du petit mot si caractéristique, cité plus haut. M. Perrens l'a relevé, il est vrai, mais dans une simple note et comme en passant. D'autres ont semblé l'ignorer, n'y ont pas accordé la moindre attention, tout en prenant acte contre Marcel du reste de la phrase (1).

Pure négligence à coup sûr, et non mauvaise foi. Mais je crois que la négligence ici a été singulièrement coupable. Pour qui a lu, pratiqué Jean de Venette, il est impossible de n'être pas frappé, et très vivement frappé de cette forme étrange, sous laquelle il relate la rumeur en question, « *ut eis impositum est postea* ».

Quand le bon chroniqueur, si crédule, si naïf, c'est vrai, mais par contre si consciencieux, si honnête, est ou se croit sûr d'un fait, pour l'avoir vu de ses yeux, entendu de ses oreilles, ou simplement pour l'avoir appris de personnes qui lui inspirent toute confiance, il en prévient volontiers son lecteur : « ... *quorum fabricam vidi* » ; ailleurs, « *me et multis audientibus* »; ailleurs encore, « *ut accepi* « *relatione veridicâ* (2) ».

Qu'on rapproche de ces formules la formule précédente, et l'on jugera si le bruit mentionné de la sorte doit nous inspirer une confiance sans bornes; si l'auteur lui-même ne semble pas avoir éprouvé une certaine hésitation, un dernier scrupule à le répandre comme à l'admettre.

Hésitation et scrupule trop justifiés. Car la vérité est que nous nous trouvons ici en présence d'une calomnie imaginée, lancée après coup, qui a fait et qui devait faire son chemin, parce que nul n'aurait eu l'audace de démentir ouvertement l'homme qui, le premier, l'avait imaginée et lancée.

(1) Voir les *Grandes Chroniques*, t. VI, p. 137, note 2. – M. Paulin Pâris, en invoquant l'autorité du continuateur de Nangis, « *si favorable aux Pari-* « *siens* », a oublié le « *ut eis impositum est postea* ».

(2) *Chronique de Guillaume de Nangis*, t. II, p. 246, 248, 288.

D'ordinaire, il est difficile, impossible même de remonter à l'origine, à la source d'un bruit calomnieux. Ici, par exception, nous en pouvons indiquer et la date précise et l'auteur.

Marcel avait été tué, avons-nous dit, dans la matinée du 31 juillet. Le 2 août au soir, le Régent Charles faisait sa rentrée à Paris, « où « il était reçu à très grand joie du peuple », disent les *Grandes Chroniques*. Pourtant, la joie n'était pas unanime, paraît-il, puisque un rustre osait lui crier en face qu'il n'y fût pas rentré, si on avait voulu l'en croire.

Il restait donc encore, dans la population parisienne, ainsi que nous le disions tout à l'heure, des gens qui regrettaient le prévôt assassiné. Cela pouvait être dangereux, et méritait qu'on avisât.

Le 4 août, le duc Charles assembla tout le peuple de Paris « en « la maison de ville, et leur dit *la grand trahison* qui avait été « traitée par les dessusdits morts,... et plusieurs autres qui encore « vivaient; c'est à savoir de faire ledit roi de Navarre roi de France, « et de mettre les Anglais et Navarrais dans Paris, celui jour que le « prévôt des marchands fut tué. Et devaient mettre à mort tous « ceux qui se tenaient de la partie du roi et son fils; et déjà avaient « été plusieurs maisons de Paris signées à divers seings, *dont moult « de gens étaient fortement ébahis en ladite ville* (1). »

Cette dernière ligne est à retenir. En constatant l'impression produite par le discours du Régent, le chroniqueur dit plus vrai qu'il ne pense. Les Parisiens durent être ébahis en effet. La plupart ne s'étaient certainement pas doutés jusque-là du terrible péril couru par eux, le 31 juillet.

Les *Grandes Chroniques* ne nous ont donné là qu'un pâle résumé, la sèche analyse du discours du 4 août. La Lettre du 31 du même mois va nous permettre de le reconstituer en entier.

D'après ladite Lettre, Marcel n'est plus seulement un traître qui médite de livrer sa ville, un conspirateur qui rêve de substituer, au besoin par la force, par le meurtre, une dynastie à une autre; c'est un véritable forcené, un fou furieux qui a juré de faire périr, avec les deux tiers au moins de la population parisienne, la famille royale tout entière.

(1) *Grandes Chroniques*, t. VI, p. 137.

Déjà, le 24 février, le jour où Marcel et ses complices firent assassiner les maréchaux de Champagne et de Normandie, ils avaient résolu de tuer le Dauphin lui-même; et ils n'y auraient pas manqué, « si Dieu plus que autre ne nous eût garanti... »

« Depuis, et avant que toutes ces rébellions de Paris advinssent, « ils ne tendaient à nulle fin, fors que à nous, vous, nos autres « frères et notre dit oncle, tuer et meurtrir, en quelconque lieu « que ils nous trouvassent..., fût aux champs, à ville, au lit, en « chapelle ou autre lieu saint, ou en quelque lieu qu'ils verraient « leur avantage...

« Et le mardi au soir, dernier jour de juillet passé,... sitôt qu'ils « eussent été en la ville, ils eussent meurtri et mis à mort tout le « clergé, et gens d'église, tous les gentilshommes lors étant en « ladite ville, tous les officiers de Monseigneur et de nous, et les « deux parts du commun d'icelle ville (1). »

L'exagération de la haine est ici par trop évidente. Qui veut trop prouver ne prouve rien. Une telle passion chez l'accusateur rend déjà singulièrement suspecte l'accusation; dans tous les cas, je ne crois pas plus, je l'avoue, à cet égorgement général que je ne crois à la prétendue confession publique, attestée par la même Lettre du 31 août.

Les complices de Marcel, arrêtés et exécutés depuis la rentrée du Régent, notamment un certain Pierre Gilles, auraient « confessé « devant le peuple », outre les choses dessus dites, « plusieurs « autres détestables et énormes faits ».

Que la torture ait pu contraindre quelques-uns des « suppliciés » à avouer des crimes plus ou moins imaginaires, il n'y aurait là rien de surprenant. Mais une confession publique, sérieuse et sincère, c'est-à-dire volontaire et spontanée, comme en arrache parfois aux mourants le repentir ou le remords, celle-là aurait eu trop de retentissement; elle aurait produit sur la foule une trop vive impression pour que nous ne la retrouvions pas mentionnée tout au long dans le continuateur de Nangis.

Il raconte bien, il est vrai, avoir *entendu dire* « *ut fertur* » que

(1) Lettre déjà citée, dans les *Mémoires lus à la Sorbonne*, 1869, p. 238, 240, 241.

l'un des condamnés, marchant au supplice, se serait écrié : — « O « roi de Navarre, plût au ciel que je ne t'eusse jamais ni vu ni en« tendu! »(1).— Nous retrouvons ici, on le voit, la même réserve que plus haut; le « *ut fertur* » rappelle le « *ut eis impositum est postea* ». Rien d'étonnant, toutefois, qu'un tel cri eût été réellement proféré. Il n'est pas un de ces malheureux, en effet, qui ne dût amèrement regretter d'avoir connu le Navarrais, puisque leurs relations avec lui fournissaient le seul prétexte qui les menait à la mort. Dès lors quel argument pourrait-on en tirer contre eux? Quel aveu de culpabilité y veut-on voir; quelle preuve de la trahison de Marcel? Quel rapport à établir entre cet ouï-dire insignifiant, et la confession publique affirmée par le Régent?

Si ladite confession n'était pas une pure fable, le continuateur de Nangis, toujours à l'affût des rumeurs populaires, en eût certainement entendu parler; et, avec sa bonne foi, sa conscience habituelles, il n'eût pas manqué de la noter, sous la même réserve peut-être, à coup sûr au même titre qu'il notait et le cri proféré et l'accusation lancée (2).

Fable ou non, ce qui me surprend, par exemple, c'est de ne pas en retrouver trace dans les *Grandes Chroniques*. En 1378, elles ont rapporté tout au long les confessions de Jacques de Rue et de Pierre du Tertre, l'un chambellan, l'autre secrétaire et conseiller du roi de Navarre(3); et elles ne disent pas un mot, un seul mot de la prétendue confession des complices du Navarrais en 1358.

Elles parlent pourtant de ce Pierre Gilles, nommé dans la Lettre du Régent, de lui et de son compagnon de supplice, le chevalier Gilles Caillart, lesquels « furent traînés du Châtelet jusques aux « Halles, et là, eurent les têtes coupées ». Mais pas d'allusion à un aveu quelconque, bien au contraire. Les condamnés, le second tout au moins, semblent n'avoir, avant de mourir, songé qu'à

(1) *Chronique de Guillaume de Nangis* : « *Heu me! o rex Navarræ, uti-« nam te nunquam vidissem vel audivissem* ». T. II, p. 273.

(2) Le silence de Jean de Venette, sur la *Confession publique*, est d'autant plus singulier ici, qu'il parle de condamnés mis à la question « *plures capti « sunt et quæstionibus appositi* », même page.

(3) Ces deux confessions ne tiennent pas moins de vingt pages dans l'édition des *Grandes Chroniques* de M. P. Pâris, t. VI, p. 419-439.

maudire la royauté : « Ledit chevalier eut, avant, la tête coupée, pour « plusieurs mauvaises paroles qu'il avait dites du roi de France et « du régent, son fils (1) ».

Comment expliquer que Pierre d'Orgemont, rappelant « ces mau- « vaises paroles » du chevalier, ait oublié ou négligé de rappeler, par un mot au moins, la confession de Pierre Gilles? Il y a gros à parier qu'il n'y a là ni négligence ni oubli; mais que le chroniqueur aura tout simplement reculé devant une assertion qui, malgré son manque habituel de scrupules, lui paraissait imprudente, étant par trop audacieuse.

Autrement, je le répète, il serait absolument impossible de comprendre qu'il eût omis un détail de cette importance, un argument si excellent à faire valoir en faveur de la *trahison*, lui qui s'est tant ingénié à la soutenir, à la prouver, lui qui n'a pas craint d'arranger, de corriger au besoin le discours du 4 août, afin de rendre l'accusation plus acceptable, plus vraisemblable.

Le discours, en effet, autant que nous en pouvons juger par la Lettre du 31 août, qui n'a dû en être qu'une seconde édition, était vraiment maladroit.

Outre les exagérations ridicules signalées plus haut, et que Pierre d'Orgemont s'est bien gardé de reproduire, le Régent avait commis une autre faute. Il ne montrait pas, d'une façon assez nette, comment la prétendue trahison avait été reconnue et dévoilée.

La Lettre affirme bien que Marcel a visité toutes les portes de la ville, que partout il a changé les gardiens, fait remettre les clefs aux gens du roi de Navarre, donner ordre de laisser, la nuit venue, les portes ouvertes, les chaînes non tendues (2).

Mais ces ordres suspects, nul ne les connaît que ses complices; ces gardes suspects, nul ne les connaît non plus, paraît-il; car la remise des clefs s'est opérée *partout*, sans produire la moindre émo-

(1) *Grandes Chroniques*, t. VI, p. 136-137.

(2) « Et déjà avait été ordonné par ledit prévôt et autres traîtres que *nulles « portes ne seraient fermées cette nuit*, ni nulles chaînes tendues; et *déjà « avait ledit prévôt ôté les clefs des portes de la ville à ceux qui les « avaient en garde, et les avaient baillées et livrées aux gens dudit roi* (de « Navarre), et mis gardes aux portes autres qu'il n'y avait, lesquels gardes « étaient consentant de ladite trahison ». *Mémoires lus à la Sorbonne*, p. 238.

tion, sans provoquer la moindre résistance. On serait presque tenté d'en inférer que Marcel avait l'habitude de ces rondes générales, ce qui n'aurait rien, d'ailleurs, que de très naturel. Dans les derniers jours de juillet surtout, alors qu'il devait pressentir, deviner autour de lui, dans l'ombre, les intrigues, les complots de ses adversaires, il a bien pu tenir à s'assurer par lui-même si l'on faisait bonne garde aux portes.

Dans tous les cas, habituelle ou non, quotidienne ou non, toujours est-il que la ronde *générale* du 31 juillet s'était passée sans incident, sans que l'éveil fût donné. Pas la moindre dispute avec les gardiens, soit de la porte Saint-Denis, soit de la porte Saint-Antoine.

Mais alors, comment « le peuple » s'est-il aperçu de la trahison? Uniquement « *par la grâce de Dieu*, qui ne voulut pas que cette « horreur fût perpétrée (1) ». La Lettre ne contient, en somme, pas d'autre explication. On comprend que le chroniqueur officiel ne l'ait pas jugée suffisante.

## V.

Jusqu'ici, nous n'avons vu en quelque sorte, que la première version de la calomnie, gauche encore et maladroite, dans son improvisation hâtive.

Elle va nous apparaître maintenant, dans les *Grandes Chroniques*, sous une forme nouvelle, étudiée et remaniée.

Il n'est plus question de cette *ronde générale*, attestée par la Lettre du 4 août, comme aussi du reste, par le continuateur de Nangis (2), et qui de prime abord semblerait une simple mesure

(1) *Mémoires lus à la Sorbonne*, déjà cités, p. 238-239.

(2) « Præpositus mercatorum et pauci burgenses... accesserunt simul *ad* « *portas civitatis*..... amoventes *claves portarum*, et eas aliis quos ordi- « naverant commitentes. Et accedentes ad portam... quæ tendit ad sanctum « Antonium, voluerunt facere similiter... ». *Guill. de Nangis*, t. II, p. 270. Il y avait donc eu déjà un certain nombre de portes, si non toutes, visitées avant la porte Saint-Antoine. Jean de Venette parle ici d'un double débat qui se serait engagé entre les gardiens et Marcel, d'une part, à propos de *la remise des clefs*, de l'autre, sur la question de savoir si les *proclamations* devaient

de précaution, de surveillance, plus qu'un indice de trahison. Pour faire entrer les mercenaires du Navarrais, le traître Marcel n'aurait pas eu besoin de s'assurer de toutes les portes de Paris, de les laisser *toutes* ouvertes à la tombée de la nuit. Une seule eût suffi, deux au plus à la rigueur.

Pierre d'Orgemont envoie donc Marcel droit à la porte Saint-Denis : « Le mardi dernier jour de juillet, ledit prévôt et plusieurs autres « avec lui, tous armés, allèrent (avant) dîner à la porte Saint-« Denis (1). »

Ladite porte est en réalité la seule qui doit préoccuper le traître ; c'est celle qui mène aux quartiers du Navarrais. Car le roi de Navarre se trouve à Saint-Denis, avec le gros de ses forces. On voit comme du premier coup la trahison se pressent, se dessine.

La voici maintenant qui se dévoile. Parmi les compagnons du prévôt se trouve l'un des officiers les plus connus du roi de Navarre, son trésorier, Joseran de Mâcon : « Et commanda ledit prévôt à ceux « qui gardaient ladite bastide *qu'ils baillassent les clefs à Joseran « de Mâcon, trésorier du roi de Navarre*. Lesquels gardes dirent « que ils n'en bailleraient nulles (2) ». D'où la querelle que nous savons, entre Maillart et Marcel.

Si l'on veut bien songer que ladite scène de la porte Saint-Denis, si caractéristique, si probante, surtout par la présence de Joseran, n'est pas mentionnée le moins du monde dans la Lettre du 31 août, on est forcé de reconnaître qu'elle fait grand honneur à l'imagination du chroniqueur officiel.

J'ai peur toutefois que Pierre d'Orgemont, à force de vouloir être habile, n'ait dépassé la mesure. Comment ! Depuis la sortie du 22 juillet, les Parisiens sont restés en grande défiance du Navarrais ; leurs soupçons s'étendent même jusque sur le prévôt ; ils ne lui pardonnent pas d'avoir, le 27, délivré les prisonniers « à la requête

être faites au nom du duc régent ou du roi son père. Il faut convenir qu'un débat de ce genre aurait été assez oiseux si Marcel était déjà, comme on le prétend, atteint et convaincu de trahison. Il est clair que Jean de Venette ne sait guère au juste à quoi s'en tenir sur ce qui s'est passé à la porte Saint-Antoine.

(1) *Grandes Chroniques*, t. VI, p. 132.

(2) *Grandes Chroniques*, t. VI, p. 132.

« dudit roi de Navarre ». Et voilà le prévôt qui, en plein jour, le 31, se fait accompagner du trésorier du roi de Navarre, se rend avec lui à la porte Saint-Denis, et veut lui faire livrer les clefs de ladite porte !

Autant vaudrait, en vérité, crier sur les toits le secret de sa trahison ; il ne serait ni plus tôt ni plus sûrement divulgué. En fait d'invraisemblances, il faut convenir que celle-ci est des mieux réussies. Ce n'est pas la seule que contienne le récit de Pierre d'Orgemont.

La querelle est donc engagée à la « bastide » Saint-Denis entre Maillart et Marcel. Notons qu'à la possession de ladite « bastide » est attachée en quelque sorte la réussite ou la non-réussite de la trahison navarraise, méditée par Marcel, soupçonnée par Maillart. Il semble, par conséquent, que le débat, une fois engagé, devrait se vider là, non ailleurs ; et jusqu'à ce qu'il soit vidé de façon ou d'autre, il semble surtout qu'aucun des deux adversaires ne devrait songer à lâcher pied.

Or, que se passe-t-il ? Maillart, nous l'avons vu, monte à cheval. Est-ce au moins pour courir chercher main-forte, et revenir au plus vite tenir tête au prévôt ? Nullement. Il s'en va aux Halles, où il « demeura (1) », sans plus se soucier de la porte Saint-Denis que si rien d'anormal ne s'y était passé.

Marcel, du reste, ne s'en soucie pas davantage. Il s'en va, de son côté, à la porte Saint-Antoine, tenant en ses mains « deux boîtes où « avait lettres que le roi de Navarre lui avait envoyées (2) ».

J'imagine qu'il avait soin de les tenir bien ostensiblement, afin de donner à ses adversaires, ce qui ne manqua pas d'ailleurs d'arriver, la tentation de lui demander ce qu'elles contenaient, c'est-à-dire l'occasion d'acquérir les preuves patentes, écrites de sa trahison. Décidément quel étrange conspirateur !

Je n'insiste pas sur les maisons marquées d'avance, pour guider

(1) *Grandes Chroniques*, t. VI, p. 132 : « Et ledit Jehan Maillart *demeura* « vers les Halles ».

(2) *Grandes Chroniques*, t. VI, p. 133 : « Et durant ces choses, ledit pré- « vôt vint à la bastide Saint-Antoine, et *tenait deux boîtes où avait lettres,* « *lesquelles le roi de Navarre lui avait envoyées, si comme l'on disait.* Si « requirent ceux qui étaient à la dite bastide *que il leur montrât les dites* « *lettres* ».

les recherches des assassins. Ce dernier détail, emprunté au discours du 4 août et à la Lettre du 31, vaut les deux boîtes en question : « *Dès avant*, avaient pour ce faire, signé les maisons *de* « *nuit* », dit la Lettre du 31 août (1). Or, ladite Lettre établissant que Marcel a été tué dans la journée du 31 juillet, alors qu'il comptait livrer Paris, *la nuit suivante*, les fameuses marques avaient donc été faites dès la nuit du 30, afin de rester sans doute, elles aussi, bien en évidence toute la journée du lendemain.

Il est impossible, en vérité, d'accumuler plus d'invraisemblances ridicules et choquantes. Et pourtant il est assez naturel qu'elles aient passé inaperçues, tant qu'on ne songeait pas à discuter le fait même de la trahison, tant qu'on l'admettait *à priori*, comme certaine et prouvée! Une fois, par exemple, l'éveil donné, les premiers soupçons conçus, elles devaient sauter aux yeux, même les moins clairvoyants.

Quant à s'étonner qu'une calomnie aussi grossière ait été, en son temps, si facilement acceptée du public, il faudrait pour cela ne pas connaître les revirements soudains de la foule (2), ses engouements et ses défiances, sa joie féroce à briser le lendemain ses idoles de la veille, surtout son empressement déplorable, en temps de révolution, à voir toujours et partout des traîtres.

Et puis, il faut bien le dire, les souvenirs des 22 et 27 juillet venaient merveilleusement en aide aux calomniateurs. Si Marcel n'eût pas été un traître, est-ce qu'il aurait « laissé mettre à mort « sans les secourir » les Parisiens tombés dans l'embuscade du 22 juillet? Est-ce qu'il aurait, « à la requête du roi de Navarre », délivré les mercenaires anglais?

Voilà, sous l'influence des passions du moment, comment la foule raisonne, et comment se forment les légendes.

(1) *Mémoires lus à la Sorbonne*, déjà cités, p. 238.

(2) Le continuateur de Nangis n'a pas manqué de noter le *revirement*; et il serait en vérité difficile de dire s'il le blâme ou l'approuve : « Præposito « mercatorum cum sociis suis interfectis, magnus clamor et maxima admira- « tio per totam urbem... invaluit, et tota opinio vulgi et odium quod contra « ducem regentem prius habebatur, in contrarium commutatum est; unde qui de « mane contra ducem regentem se armabant, nunc in sero pro duce stare... « parati sunt..... et illa rubea capucia, quæ anteà *pomposè gerebantur*, « deinceps abscondita sunt et dimissa ». *Guill. de Nangis*, t. II, p. 272. — Ce dernier trait, toutefois, décèle bien une certaine ironie discrète.

## VI

Maintenant que nous avons pris les meurtriers sur le fait, que nous avons démasqué les calomniateurs, que reste-t-il de la trahison ? L'étonnement d'y avoir cru.

Car, en vérité, dans une pareille légende, tout est invraisemblable, quand on se donne la peine d'y réfléchir.

Je ne parle pas des moyens ou procédés d'exécution, bien qu'ils soient déjà passablement étranges. Peut-on supposer, en effet, que Marcel, s'il voulait livrer la ville au roi de Navarre, dans la nuit du 31 juillet, s'en fût allé, vers neuf ou dix heures du matin, au grand jour, faire ses préparatifs de trahison, placer à toutes les barrières de Paris ses créatures ou ses complices ?

Il aurait, en pareil cas et sans contredit, attendu la nuit même, pour occuper, de gré ou de force, la porte Saint-Denis, par exemple, derrière laquelle il eût trouvé au besoin, cachés dans l'ombre, les mercenaires anglo-navarrois, tout prêts à le seconder.

La preuve que les choses, en cas de trahison, se seraient passées de la sorte, c'est que, jusqu'à ce jour, il n'était venu à personne de nous l'idée qu'elles avaient pu se passer autrement. J'aurais donc, de ce fait seul déjà, le droit rigoureux de conclure que, présentée ainsi, préparée ainsi, la trahison n'est guère admissible.

Mais je passe condamnation sur ce point, qui ne vaut pas qu'on s'y arrête.

Ce qui est plus inadmissible que les moyens d'exécution employés, c'est l'idée même de la trahison, les mobiles prêtés à Marcel.

En introduisant les Anglo-Navarrais dans Paris, il voulait deux choses, a-t-on dit : faire le roi de Navarre roi de France, et tout d'abord exterminer ses adversaires, tous ceux qu'il savait ou croyait partisans du Régent.

Supprimer ses adversaires politiques, un tel projet malheureusement se comprend, s'explique ; mais ce qui ne se comprend pas ici, c'est que Marcel eût attendu au 31 juillet, afin de le mettre à exécution. Pourquoi ne pas s'y être pris un peu plus tôt, avant le 21 par exemple, alors que cela lui eût été si facile, ayant encore ses Anglo-Navarrais dans Paris ?

Dira-t-on que, depuis le 21 juillet, il a regretté l'occasion perdue, et qu'il comptait la ressaisir dans la nuit du 31 ? Alors, pourquoi ne pas garder sous sa main, quatre jours de plus, les mercenaires prisonniers, dont le concours lui eût été tout acquis, et pouvait lui être si précieux ? Pourquoi risquer sottement, le 27, de provoquer, en les délivrant, une nouvelle émeute, et de compromettre, par là même, avec ce qui lui restait de popularité, le succès de la trahison projetée ?

Je défie qu'on trouve à cette question une réponse satisfaisante, à moins d'admettre que la trahison n'ait été arrêtée, décidée qu'après les événements ci-dessus, tout à fait à la dernière heure, du 28 au 31 juillet. Telle est du reste l'opinion de M. Perrens (1); et cette brusque décision aurait été, suivant lui, déterminée par une Lettre du Régent, déclarant qu'il ne rentrerait pas dans Paris, tant que le meurtrier des maréchaux serait vivant.

D'abord, l'existence de ladite Lettre n'est rien moins que prouvée, tant s'en faut. De tous les chroniqueurs contemporains, Jean de Novelle, abbé de Saint-Vincent de Laon, est, je crois, le seul qui la mentionne (2). Or, sa chronique n'a été composée, ou pour mieux dire compilée qu'en 1388 ; et je me demande comment, à trente ans de distance, il a pu connaître un détail ignoré du continuateur de Nangis et de Pierre d'Orgemont.

Quand on admettrait, d'ailleurs, les raisons plus ou moins spécieuses, alléguées par M. Perrens pour expliquer le silence de ces derniers, quand il serait prouvé, absolument prouvé, que ladite Lettre a été écrite, qu'elle a été adressée à Marcel, ou interceptée par lui, que lui aurait-elle révélé de nouveau ? En quoi eût-elle modifié sa situation et ses intentions ?

« Il n'y avait plus, dit M. Perrens, à se méprendre sur le sort que

1) *Étienne Marcel*, p. 308-309.

(2) Voir article déjà cité de M. Lacabane, dans la *Bibliothèque de l'Ecole des Chartes*, t. Ier, p. 90. Le manuscrit de Jean de Novelle se trouve à la Bibliothèque nationale, inscrit sous le numéro 10138.

« réservait le Dauphin aux chefs du parti populaire (1). » Est-il donc admissible que Marcel s'y soit mépris jusque-là? Il faudrait le supposer singulièrement naïf. Le Régent, M. Perrens est le premier à le reconnaître, avait exigé, dès les premières demandes de paix, qu'on remît à sa discrétion six ou douze des bourgeois les plus compromis (2). Marcel pouvait-il se flatter de n'être pas compris dans les douze ou dans les six? Et surtout pouvait-il se faire, lui, le meurtrier des maréchaux, la moindre illusion sur le traitement qui l'attendait?

Écoutons ce que dit à ce sujet le continuateur de Nangis. Parlant de la condition mise par le Régent à la paix, dès le début de la lutte, il ajoute : « Le duc avait beau déclarer qu'il ne voulait pas « *la mort des coupables* .., *le prévôt et les autres étaient* « *bien convaincus qu'une fois aux mains de leurs ennemis, ils* « *n'échapperaient pas à une mort terrible*. Ils avaient raison de « craindre et ne voulurent pas s'exposer à un pareil danger si « redoutable (3). »

Voilà en effet ce que pensait, ce que devait penser Marcel. Autant et plus que le texte si précis de Jean de Venette, le bon sens l'indique; les faits, d'ailleurs, le prouvent, puisque nous l'avons vu rejeter les propositions captieuses du 19 juillet.

Je ne vois pas, par conséquent, ce que la *prétendue* Lettre du Régent, des derniers jours de juillet, aurait ajouté en pareil cas aux inquiétudes du prévôt, ni par suite en quoi elle a pu modifier ses desseins, ses projets, l'entraîner à des résolutions auxquelles il n'aurait jamais songé ou devant lesquelles il aurait reculé jusque-là.

Il m'est donc impossible de comprendre ce qui a pu le décider à livrer Paris, à se livrer lui-même pieds et poings liés au Navarrais;

Impossible de comprendre pourquoi, du 28 au 31, il machinait la mort d'adversaires, dont il ne songeait pas à se débarrasser quelques jours auparavant;

(1) *Étienne Marcel*, p. 309.

(2) *Étienne Marcel*, p. 308.

(3) *Guillaume de Nangis*, t. II, p. 255 : « Præpositus autem et alii... « credentes quod si tenerentur ab aliis, mortem non evaderent terribilem, « merito timuerunt, nec se voluerunt exponere tanto periculo non modicum « formidando. »

Impossible de comprendre pourquoi, le 27, il mettait lui-même hors de la ville, des mercenaires qu'il devait, quatre jours plus tard, y faire rentrer par trahison.

Je vois bien que toutes ces choses-là sont affirmées, j'attends qu'on les explique.

Quant à faire le roi de Navarre roi de France, personne, après réflexion, ne supposera sérieusement qu'une pareille idée ait pu venir à Marcel, au lendemain du 22 juillet, quand la brouille était ou semblait complète, la rupture pour ainsi dire consommée, entre les Parisiens et le Navarrais. Si l'on admet que Charles le Mauvais ne pouvait plus rentrer à Paris que par la trahison, s'y maintenir que par la terreur, quelle chance avait-il de voir son autorité reconnue, acceptée dans le reste du royaume?

A l'extrême rigueur, ce projet de révolution dynastique se comprendrait encore aux environs du 15 juin, alors que le roi de Navarre venait d'être nommé capitaine général de Paris. A ce moment, il aurait pu compter sur l'appui de la population parisienne, espérer que l'exemple de la capitale, acclamant sa royauté, entraînerait les autres villes.

Mais à la fin de juillet, je le répète, un pareil rêve eût été ridicule, à force d'être chimérique. Le Navarrais, du reste, savait si bien à quoi s'en tenir à cet égard; il comptait si peu sur la couronne de France, si peu sur le concours de Marcel pour y parvenir, qu'au moment même où son prétendu complice songeait, dit-on, à lui livrer Paris, lui, négociait avec Edouard d'Angleterre le traité du 1er août, qui cédait au roi anglais Paris et la couronne de France.

M. Siméon Luce, dans son savant *Mémoire* sur ce traité du 1er août 1358, prétend, il est vrai, que ce fut précisément la mort inattendue de Marcel qui décida le Navarrais à faire *la part du feu*. S'il fût devenu, dit-il maître de Paris, « par la complicité de Mar- « cel, *il eût probablement réclamé la couronne et le royaume*, sauf « à abandonner une ou deux provinces en pâture à Edouard (1). »

Admettons, si l'on veut, bien que la chose, au premier abord,

(1) *Mémoires de la Société de l'histoire de Paris et de l'Ile de France*, t. I, p. 120.

paraisse assez douteuse, que, du 31 juillet au 1er août, c'est-à-dire en quelques heures, le Navarrais, apprenant la mort de Marcel, ait eu le temps matériellement nécessaire pour changer ses batteries, donner ou envoyer à ses plénipotentiaires de nouvelles instructions ; admettons que ceux-ci, de leur côté, ayant sans doute leurs collègues, les commissaires anglais sous la main, aient rédigé, signé séance tenante ce traité qui traînait depuis deux mois déjà (1). Soit.

Sans doute nous ne savons pas ce que le roi de Navarre eût demandé, réclamé, « s'il fût devenu maître de Paris ». Mais ce que nous savons, ce qui du moins paraît certain, et M. Siméon Luce lui-même le reconnait implicitement, c'est que l'éventualité de l'avènement du Navarrais à la couronne de France n'avait jamais été soulevée ni discutée dans lesdites négociations ; Edouard, d'ailleurs, n'y eût pas consenti. Tout le débat semble avoir roulé sur le point de savoir si Charles le Mauvais aurait, outre la Champagne et la Brie, « le duché de Normandie, le bailliage d'Amiens et « le comté de Chartres (2) ».

La *part du feu* aurait donc consisté, pour le Navarrais, non à abandonner la couronne de France qu'il n'avait pas réclamée, mais à laisser indécise la question de Normandie, d'Amiens et de Chartres.

Or, je le demande, si le roi de Navarre avait jamais eu l'espoir de détrôner, à son profit, le roi Jean et son fils, avec l'aide de Marcel et de la bourgeoisie fédérée des villes, est-ce qu'il aurait entamé, avec le roi d'Angleterre, la négociation d'un traité qui, en lui procurant à lui-même de si minces avantages, eût, dans sa première clause, consacré les droits d'Edouard à la couronne de France?

Pour qu'il se soit décidé à négocier sur de pareilles bases, il lui avait fallu l'absolue conviction qu'il n'obtiendrait jamais, du patrio-

(1) *Memoires de la Société de l'histoire de Paris*. ., p.120.— M. Siméon Luce fait remonter, en effet, tout au commencement de juin, l'ouverture des négociations.

(2) Id., p. 113-114.

tisme du prévôt, le moindre concours pour la réalisation de son rêve ambitieux.

Le Navarrais, en effet, n'inspirait, ne pouvait inspirer à Marcel ni estime ni confiance.

Beau parleur sans contredit, et séduisant d'apparence, au fond sans valeur réelle, surtout sans conscience et sans moralité, Charles le Mauvais n'a été en somme qu'un aventurier de la plus haute volée et de la pire espèce, un de ces chefs de bandes ou de bandits que tout le monde, à l'époque, recherche et emploie, mais que tout le monde redoute ou méprise. C'est un instrument dont on se sert; ce n'est pas un maître auquel on se donne, ni à qui l'on puisse confier le salut d'un parti, encore moins les destinées d'un pays.

Marcel, sans doute, avait besoin de lui, besoin de la cavalerie navarraise, afin d'empêcher le blocus complet de Paris. Voilà pourquoi il tenait tant à ménager, pourquoi il a ménagé jusqu'au bout son dangereux allié. Mais lui livrer, je ne dis pas le royaume, ce qui n'était pas en son pouvoir, lui livrer Paris, il s'en fût bien gardé; et cela dans son propre intérêt, si l'on ne veut pas que ce soit par souci de son honneur et de l'intérêt de la France.

Il savait trop ce qui l'eût attendu en pareil cas. Les négociations du 8 au 19 juillet l'avaient édifié à cet égard. Du jour où elles s'ouvrirent, la conduite du Navarrais, dans ses rapports avec le Régent, fut si louche que les Parisiens se crurent trahis; le bruit courut même dans l'armée royaliste qu'il était brouillé avec eux (1). La fameuse convention du 19 juillet, qui mettait les Parisiens à la merci du Régent, fut encore en partie l'œuvre du roi de Navarre; et nous savons si Marcel et ses amis se trouvèrent suffisamment rassurés en apprenant qu'il faisait partie du conseil chargé de décider de leur sort.

Un tel homme, s'il fût devenu, par trahison, maître de Paris, n'eût pas hésité une seconde à vendre au Régent, pour une ou deux provinces, et Paris et ceux qui le lui auraient livré.

Marcel ne pouvait pas n'en pas être convaincu; et, encore une

(1) « Et disait-on en l'armée dudit régent que ceux de Paris avaient dit « audit roi (de Navarre) que il avait *fait sa paix sans eux*, et que il ne leur « en challait; car ils se passeraient bien de lui. »

(*Grandes Chroniques*, t. VI, p. 122.)

fois, à défaut de tout scrupule de conscience, son seul intérêt l'eût gardé du projet honteux que, sur la foi de ses ennemis, on lui a trop légèrement prêté.

De sa prétendue trahison, je cherche en vain partout les preuves, les traces, je ne les vois nulle part ; partout je ne trouve qu'invraisemblances et contradictions ; et les documents les plus récemment mis au jour, comme le traité du 1er août, la Lettre du 31, qui devaient, disait-on, achever d'écraser le traître, ne sauraient tourner au contraire qu'à sa complète, à son éclatante justification.

Je ne prétends pas, sans doute, qu'Étienne Marcel soit exempt de toutes fautes, à l'abri de tous reproches. Mais de toutes les fautes, ou si l'on veut des crimes qui, à tort ou à raison, lui ont été reprochés, le plus impardonnable à coup sûr était d'avoir, lui, le grand patriote de 1356, voulu en 1358 trahir et livrer Paris.

Je crois avoir prouvé que le prétendu traître n'a été en réalité qu'une victime, et que ceux qui l'avaient tué l'ont odieusement calomnié.

Voilà plus de cinq cents ans que l'accusation pesait sur sa mémoire. Il est temps que justice lui soit enfin rendue, et que la légende fasse place à l'histoire.

Jules TESSIER.

Caen, le 22 mai 1886.

# APPENDICE.

## LA LETTRE DU ROI CHARLES V.

(De février 1368).

Nous croyons devoir reproduire ici, à cause de son importance exceptionnelle, la Lettre de février 1368, qui n'a pas encore été, que nous sachions, publiée *in extenso :*

Charles, etc....., savoir faisons à tous présens et a venir avoir receue humble supplication a nous faite par notre amé huissier d'armes Jaques de Pontoise, contenant que comme ou temps que feu Estienne Marcel jadis prevost des marchans de nostre bonne ville de Paris, Charles Toussac, Josseran de Mascon, Philippe Giffart et autres leurs complices, traitres et ennemis de nous et de nostre royaume, vivoient, Pepin des Essars, chevalier, Martin des Essars, le dit Jaques de Pontoise et plusieurs autres estans en leur compaignie, comme noz bons, vrais et loyaulx subjiez, et pour obvier aus très grans maux, périls et inconvéniens irréparables qui par le mauvais gouvernement des diz prevost des marchans et ses complices se pevoient ensuir, se fussent transportez en l'ostel dudit Josseran de Mascon pour ycellui comme traître, par justice ou autrement, fere occire et mettre à mort; ou quel hostel il ne peut estre trouvé, et pour ce, se départirent d'icelui, et eulz estans hors du dit hostel, le dit suppliant vit et appercut un appellé Jehan de Vaux et un autres appellé Gringoire, varlet drapier, qui en leur dicte compaignie estoient entréz ou dit hostel, les tenoient un pennier d'osier ou quel avait VI ou VII hennaps et un cullier d'argent pesans V ou VI mars ou environ, lesquels pennier, hennaps et cullier l'en disoient par eulz ou leurs varles avoir esté prins en l'ostel dudit Josseran, et pour ce que les diz Jehan de Vaux et Gringoire en estoient en débat, le dit suppliant leur dist que ycellui pennier ils meïssent en garde en certain lieu et alassent fere ce pourquoi ils estoient venuz ou dit hostel, et lors en passant et alant en leur emprinse, le dit pennier fut balliez en garde en la présence dudit Jaques a une femme appellée Odelette la Cirière demourant devant saint-Eustace près de l'ostel du dit Josseran, et, ce fait, se transportèrent en l'ostel de nostre dite ville et prindrent nostre bannière qui la estoit et atout s'en alèrent à la bastille saint Anthoine de nostre dicte bonne ville, ou quel lieu les diz prévost des marchans, Philippe Giffart, et autres traitres furent occis et mis a mort; et, deux jours après ce que dit est, les diz Josseran et Charles Toussac furent par jugement décapitéz et justicés pour leurs démérites.

Après lequel fait, lesdiz Jehan de Vaux et Jaques de Pontoise prindrent ledit pennier ou lieu ou il avoit esté mis en garde et vendirent iceulx hennaps et cullier, et de l'argent qu'ils furent venduz ot ledit Jehan de Vaux la moitié et ycellui Jaques l'autre, qui fu despendue a donner a manger aux compaignons, senz ce qu'il en tournast aucune chose a son proffit; pour occasion de laquelle prinse d'iceulx hennaps et cullier, nostre dit huissier d'armes se doubte que ou temps a venir il ne peut estre poursuis ou approuchez par aucuns noz justiciers ou officiers, disant ces choses a nous appartenir par la forfaiture dudit Josseran, et pour ce, nous a fait humblement supplication que, comme il ait touz jours esté et encore soit homme de bonne vie, renommée et conversacion honneste, sanz estre ne avoir esté reprouchez d'aucun villain cas et ait bien et loyalement servi noz prédécesseurs et nous en noz guerres et par especial en la bataille de Poitiers ou il fu prins et mis a grant raençon, ou voyage de Mes en Lorraine ou il fu en nostre compaignie, armez et montez souffisamment selon son estat, a ses propres frais et despens, dont il n'ot onques rémunération, si comme il dit, nous sur ce lui veillons faire et impartir nostre grace. — Nous, attendu les choses dessus dites et que ou temps que ledit feu prevost des marchans et autres furent mors, pour la bonne relacion que nous eusmes dudit Jaques, considéré les services dessus diz le retenismes nostre huissier d'armes, inclinans a sa supplication, a ycellui Jaques de nostre grace especial, certaine science et auctorité royal ou cas dessus dit, avons quitté, remis et pardonné, quittons, remettons et pardonnons par ces présentes le fait dessus dit, avecques toute peine, amende et offence criminelle et civile en quoy il peut ou pourroit estre encouru envers nous pour occasion de la prinse d'iceulz hennaps et cuillier et des autres choses dessus dites, et ne voulons que pour cause desdiz hennaps et cuillier, il soit en aucune manière poursuis, approuchez, ne tenuz a nous en faire restitucion aucune, mais les deniers que reçut pour sa porcion de la valeur d'iceulz, lui donnons et octroyons par ces présentes. Si, donnons en mandement a nostre prevost de Paris et a tous les autres justiciers et officiers de nous et de nostre dit royaume présens et avenir, ou a leurs lieuxtenans et a chascun d'eulx que, de nostre présente grace don et remission facent, sueffrent, et lessent ledit Jaque joir et user paisiblement, senz le contraindre ou molester, ou souffrir estre contraint ou molesté pour cause de ce, en corps ou en biens, en aucune manière; et que ce soit, etc... sauf..., etc....

Donné à Paris ou mois de Février, l'an de grâce mil CCC LXVIII et de nostre règne le quint. (*Archives Nationales*, J.-J., 99 598.)

Jules Tessier.

Paris-Imp. PAUL DUPONT, 41, rue Jean-Jacques-Rousseau 1·30.6.96. Mt.

www.ingramcontent.com/pod-product-compliance
Ingram Content Group UK Ltd.
Pitfield, Milton Keynes, MK11 3LW, UK
UKHW022150190726
13855UKWH00004B/1421